AF727880

Mr Stettiner
29 Mai 1885

V

VENTE PAR SUITE DE DÉCÈS

HOTEL DROUOT, SALLE N° 1

Les Vendredi 29 et Samedi 30 Mai 1885

BEAU MOBILIER

OBJETS D'ART — BIJOUX

Tableaux Modernes — Gravures

MAGNIFIQUES TAPISSERIES DE LA RENAISSANCE

BRONZES — MARBRES

Me F. ALBINET
COMMISSAIRE-PRISEUR
84, rue Maubeuge, 84.

M. A. BLOCHE
EXPERT
44, rue Laffitte, 44.

EXPOSITION PUBLIQUE

LE JEUDI 28 MAI 1885

DE 1 HEURE 1/2 A 5 HEURES 1/2

IMPRIMERIE DE L'ART

CATALOGUE

D'UN

BEAU MOBILIER

Meubles ornés de bronzes et en bois sculpté
Bronzes d'art et d'ameublement — Terres cuites
Belles Statues en marbre
Émaux cloisonnés et bronzes de Chine
IMPORTANT SERVICE EN PORCELAINE DU JAPON
Porcelaines de Saxe — Groupes — Figurines
MAGNIFIQUES TAPISSERIES DE LA RENAISSANCE
Tapis — Rideaux — Étoffes
TABLEAUX MODERNES
Rêverie de Chaplin
GRAVURES EN COULEUR
Bijoux — Diamants — Argenterie — Objets divers

DONT LA VENTE AURA LIEU

Par suite de décès

HOTEL DROUOT, SALLE N° 1

Les Vendredi 29 et Samedi 30 Mai 1885

A 2 HEURES

Me FÉLIX ALBINET	**M. A. BLOCHE**
COMMISSAIRE-PRISEUR	EXPERT
84, rue Maubeuge, 84	44, rue Laffitte, 44

EXPOSITION PUBLIQUE

Le Jeudi 28 Mai 1885

DE 1 HEURE 1/2 A 5 HEURES 1/2

D05412

CONDITIONS DE LA VENTE

Elle sera faite au comptant.

Les adjudicataires payeront *cinq pour cent* en sus des enchères.

L'exposition mettant le public à même de se rendre compte de l'état des objets, aucune réclamation ne sera admise une fois l'adjudication prononcée.

Paris. — Imp. de l'Art. E. Ménard et J. Augry
41, rue de la Victoire, 41

DÉSIGNATION DES OBJETS

TAPISSERIES

1 — Suite de trois magnifiques tapisseries de la Renaissance, représentant des scènes des guerres d'Alexandre.

Remarquables compositions de multitude de figures offrant une animation et des groupes très intéressants, avec bordures représentant en haut des figures d'hommes tenant des festons de rubans, des cariatides auxquelles sont suspendues des guirlandes de fleurs et de fruits, sur les côtés ; des allégories à la Paix, à la Justice, à la Guerre, aux Sciences sous des baldaquins ou des bosquets, des petits médaillons à sujets de chasse ou scènes galantes avec personnages en costumes de l'époque, des cariatides et des figures d'amours soutenant des corbeilles de fruits. Le bas présente des vues de parc avec petits personnages, des satyres et des oiseaux au milieu de fruits et de guirlandes :

1. Les armées de Darius et d'Alexandre avant la bataille, séparées par le Granique.

Haut., 3 m. 63 cent.; long., 3 m. 28 cent.

2. La Bataille.

Haut., 3 m. 63 cent.; long., 3 m. 35 cent.

3. La Mêlée et le Triomphe des armées d'Alexandre.

Haut., 3 m. 60 cent.; long., 6 mètres.

Ces tapisseries sont dans un état de conservation digne d'être signalé.

OBJETS D'ART ET D'AMEUBLEMENT

2 — Beau meuble à deux corps en bois noir richement orné de bronzes, avec fronton à groupe d'amours et buste de Minerve enguirlandé de fleurs, montants à cariatides et moulures à ornements. Il s'ouvre à trois battants

pleins dans la partie inférieure et à trois portes vitrées dans le haut. Il forme vitrine ou bibliothèque.

3 — Grand et beau bureau de forme rectangulaire et à contours en ressaut, en bois noir richement orné de bronze doré, avec mascarons et encadrements, cariatides de femmes et rocailles décorant les pieds. Style Louis XIV.

4 — Belle garniture de cheminée : Pendule formée de figures, des liseuses en bronze doré posées de chaque côté du mouvement, qui est surmonté d'un vase en porcelaine de Tournay, de forme Louis XVI, décor gros bleu à médaillons, port de mer animé de petits personnages et buste de la reine porté par des amours. Le socle présente, sur le devant, un médaillon : les Amours géomètres et une suite de portraits de dames de la cour de France avec encadrements à festons de rubans et draperies. Les vases qui accompagnent sont en porcelaine de Tournay, fond gros bleu, avec médaillons représentant des

allégories mythologiques et des ports de mer, surmontés de la couronne royale et encadrés d'émaux, montés en bronze doré, dans le style Louis XVI.

5 — Garniture de foyer en bronze doré, représentant des enfants sur des consoles et des guirlandes de fleurs.

6 — Deux jardinières avec leurs supports à jour, en faïence japonaise, décor à jour, fond gros bleu, à rehauts d'or.

7 — Petite console d'angle et d'applique en bois noir sculpté et rehaussé d'or, à figure d'amour tenant une draperie.

8 — Figurine de chasseur en porcelaine, de Jacob Petit.

9 — Lampadaire en composition, représentant une vestale portant une lampe. Socle en simili-marbre cannelé.

10 — Suspension à trois lampes, avec figure de guerrier au centre et ornée de trophées, en composition.

11 — Jolie statuette en marbre blanc : *la Pudeur*, de Mercanti.

12 — Console d'applique à figure de satyre, en bois noir et or sculpté.

13 — Aiguière en cuivre doré de forme Renaissance, décorée de scènes guerrières, de mascarons et ornements.

14 — Grande et belle statue en marbre blanc : *Baigneuse*, de H. Kummel.

Signée et datée : Rome, 1852.

Posée sur socle carré en bois laqué blanc, à filets d'or.

15 — Paire de grands candélabres avec lampes au centre, sur les côtes avec bouquets à douze lumières, formés de vases en porcelaine de Saint-Amand, fond bleu turquoise, et mé-

daillons représentant des scènes de la cour de Louis XIII, encadrements à rehauts d'or, montures en bronze doré.

16 — Deux beaux supports à quatre faces, en bois laqué blanc, richement ornés de cariatides, de naïades et d'encadrements en bronze doré.

17 — Deux belles jardinières en marbre griotte supportées par trois cariatides en bronze doré et posées sur des trépieds à têtes de béliers ornées de chaînes en bronze doré et bruni. Style Louis XVI.

18 — Belle console rectangulaire en marbre rouge, avec piétement à fond de glace, supportée par des statues d'Apollon en bronze doré tenant des guirlandes de laurier.

19 — Belle console en bois sculpté et doré, modèle à figures d'enfants, coquille et grands enroulements, avec dessus de marbre blanc. Style Louis XIV.

20 — Deux petites consoles d'applique en bois sculpté et doré, dessus en marbre blanc. Style Louis XIV.

21 — Deux grands groupes de quatre figures à sujets champêtres, en porcelaine moderne.

22 — Deux supports formés par des statues d'enfants, allégories du *Printemps* et de *l'Été*, en bois sculpté et doré.

23 — Grand et beau vase en porcelaine de Tournay, décor bleu turquoise, avec médaillons offrant, d'un côté, des allégories *au Triomphe de Vénus sur les mers;* de l'autre côté, des médaillons à fruits et feuillages, encadrements à rehauts d'or; pied décoré de festons de rubans, richement monté en bronze doré.

24 — Paire de lampes en porcelaine de Saint-Amand, fond bleu turquoise, avec médaillons à sujets champêtres, encadrements à rehauts d'or; monture en bronze doré.

25 — Très belle garniture de cheminée en bronze doré, composée d'une pendule à cadran tournant représentant la boule du monde, en émail gros bleu, constellée d'étoiles d'or, couronnée d'un groupe d'enfants portant une corbeille de fruits, ornée de guirlandes de fleurs, supportée par un groupe de femmes, allégories des saisons. Les candélabres représentent des groupes d'enfants supportant des bouquets de fleurs, à dix lumières.

26 — Belle garniture de foyer en bronze doré, à figures d'enfants combattant.

27 — Pelle et pincettes analogues.

28 — Coupe ovale en verre, décorée d'ornements en argent et sujet Watteau au centre, peint sur porcelaine; jolie monture en bronze doré et émaillé.

29 — Coupe en porcelaine de Saint-Amand, décor fond bleu turquoise, avec médaillons à fleurs et à sujet champêtre; monture en bronze doré.

30 — Grande coupe ronde en porcelaine de Saint-Amand, fond bleu turquoise, avec médaillons à scène champêtre et riche monture en bronze doré.

31 — Deux vases en porcelaine de Paris, décor à fleurs, bordure à rehauts d'or.

32 — Grand groupe de Saxe, sujet de chasse.

33 — Deux décorations de croisées en damas de soie rouge, avec garnitures assorties, galeries en bois doré.

34 — Ameublement de salon en bois sculpté et doré couvert en damas de soie rouge capitonné, composé de deux fauteuils et six chaises.

35 — Deux canapés complètement couverts en damas de soie rouge capitonné.

36 — Quatre chaises volantes en bois doré et satin broché de fantaisie.

37 — Guéridon en bois rose et marqueterie à fleurs et oiseaux, orné au centre d'une plaque en porcelaine de Saint-Amand, décor allégorique *aux bulles de savon;* monture en bronze doré.

38 — Guéridon en porcelaine de Saint-Amand, fond rose à médaillons, portraits historiques; monture en bronze doré.

39 — Petite étagère ovale en glaces gravées; monture en bronze doré.

40 — Grand tapis oriental fond rouge à médaillon et bordure à petit dessin couvrant un grand salon.

41 — Très belle garniture de cheminée en bronze doré de style Louis XVI.

42 — Lit à colonnes en bois sculpté Louis XIII.

43 — Très joli meuble s'ouvrant à deux portes en bois rose satiné et marqueté, orné de bronzes finement ciselés et dorés et sur chaque

battant de panneaux en vernis Martin, représentant des sujets mythologiques, dessus en marbre rouge d'Orient. Beau travail de style Louis XVI.

44 — Beau groupe en bronze de cinq figures, nymphes et enfants, d'après Clodion, monté sur un joli socle en marbre rouge griotte orné de bronze doré. Style Louis XVI.

45 — Paire de jolis candélabres en marbre rouge griotte montés en bronze finement ciselé et doré avec bouquets à six lumières de style Louis XVI. (Forme garniture avec le groupe précédent.)

46 — Deux bras d'applique en bronze orné de cristaux, à quatre lumières.

47 — Deux autres bras d'applique à deux lumières, en bronze.

48 — Vase en bronze. Style antique.

49 — Deux chaises en bois de fer sculpté avec coussins en soierie rose de Chine.

50 — Deux supports à étagères en bois de fer sculpté de Chine.

51 — Paire de grands vases en porcelaine de Chine, riche décor à personnages.

52 — Paire de vases en porcelaine du Japon, forme ovoïde, fond violet, riche décor à fleurs et oiseaux à rehauts d'or.

53 — Paire de jolis vases en porcelaine de Chine, fond jaune impérial, décor à cigognes et paysages en relief.

54 — Paire de vases en terre de Bocaro, décor en relief à rehauts d'or.

55 — Grand et beau guéridon en laque polychrome à rehauts d'or du Japon.

56 — Grande coupe sur piédouche en laque rouge avee personnages dans un paysage, décor à rehauts d'or du Japon.

57 — Paire de grands vases du Japon, décor à médaillons, en polychrome.

58 — Deux grandes chimères en terre vernissée, teinte bronzée du Japon.

59 — Belle jardinière en émail cloisonné de Chine, fond bleu turquoise avec fleurs et oiseaux en couleur, élevée sur support en bois sculpté.

60 — Joli paravent à quatre feuilles, monture bambou, panneaux en soie blanche richement brodée de sujets chinois.

61 — Petite toilette, forme cabinet, avec glace à l'intérieur en laque du Japon, fond aventurine à rehauts d'or.

62 — Paire de grands et beaux vases en porcelaine de Chine, fond rose couvert d'arabesques, de rosaces et d'entrelacs en vert.

63 — Petit paravent à quatre feuilles en bambou doré avec panneaux en broderie de Chine sur soie blanche.

64 — Deux grandes coupes en émail cloisonné du Japon fond vert, décor oiseaux et fleurs.

65 — Service de table en porcelaine du Japon, décor polychrome, composé de deux cent sept pièces.

66 — Bel éléphant en émail cloisonné de Chine fond blanc, supportant un vase fond bleu turquoise à arabesques, avec harnachement polychrome.

67 — Joli buste en terre cuite : *la Marquise aux roses*, de Carrier-Belleuse.

68 — Joli buste en terre cuite : *Duchesse*, de Carrier-Belleuse.

69 — Deux figurines d'enfants en porcelaine moderne : Jardinier et jardinière.

70 — Deux petites consoles d'applique en bois doré à figures d'amours.

71 — Devant de feu en bronze doré, modèle à rocailles.

72 — Pelle et pincettes analogues.

73 — Bel ameublement de chambre à coucher en bois rose et palissandre richement orné de bronzes dorés, et de plaques en porcelaine de Tournay décorées de sujets champêtres. Il se compose d'un lit avec dossier à fronton, orné de quatre brûle-parfums et de figures de *Flore* en bronze doré ; une armoire à glace biseautée couronnée par un fronton et garnie de cariatides de femme allégories de l'*Été* et de l'*Automne*, en bronze doré.

74 — Miroir en glace biseautée monté sur chevalet, avec cadre en bois rose orné de figures d'amours en bronze doré.

75 — Prie-Dieu en marqueterie de cuivre et d'écaille de l'Inde, orné de figures d'anges agenouillés en adoration aux pieds de la Sainte Vierge en bronze doré.

76 — Joli secrétaire-chiffonnier, en bois rose marqueté, orné d'une plaque en porcelaine de Tournay, sujet champêtre et de bronze doré; dessus en marbre blanc.

77 — Décoration de lit et deux décorations de croisées composées de rideaux en damas de soie vert avec galerie en bois rose orné de bronze doré. Style Louis XVI.

78 — Tapis fond blanc à fleurs.

79 -- Jolie statuette en marbre blanc : *Baigneuse.*

80 — Garniture de cheminée : Pendule et candélabres en bronze doré, modèle vase Louis XVI et figures allégoriques avec socle en marbre blanc cannelé.

81 — Deux flambeaux en porcelaine de Saint-Amand, fond rose, médaillons à portraits historiques ; monture en bronze doré.

82 — Etagère d'angle en bois rose et palissandre, orné de bronze.

83 — Deux fauteuils couverts en étoffe de fantaisie capitonnée.

84 — Deux chaises couvertes en damas de soie vert capitonné.

85 — Deux grandes figurines: Cendrillons.

86 — Grand et beau buffet-dressoir , en bois sculpté décoré de sujets de chasse en bas-relief, avec étagère et consoles, couronné par un fronton à enroulements.

87 — Suspension en bronze partie doré, sujets de chasse à seize bougies et une lampe.

88 — Deux consoles d'applique en bois sculpté partie doré, formées de dragons.

89 — Buffet en palissandre sculpté avec dessus en marbre blanc surmonté d'une glace avec encadrement à fronton.

90 — Douze chaises en noyer et bois noir, couvertes en reps vert.

91 — Table à trois rallonges en noyer et bois noir.

92 — Bureau en noyer orné de sculptures.

93 — Table servante en bois courbé.

94 — Petite étagère d'applique en palissandre.

95 — Table de salon en marqueterie, genre Boule.

96 — Console de même style.

97 — Glace forme médaillon avec cadre doré.

98 — Garniture de cheminée en bronze doré.

99 — Grande banquette en chêne sculpté, travail partie ancien.

100 — Buffet de la Renaissance en bois sculpté décoré de figures en bas-relief.

101 — Psyché époque Empire, grand modèle

102 — Bahut en bois sculpté de l'époque Louis XIV.

103 — Bureau en marqueterie.

104 — Encrier en bois de rose.

105 — Groupe d'enfants en bois sculpté.

106 — Prie-Dieu en bois sculpté. Style ancien.

107 — Deux tabourets en bois sculpté.

108 — Deux grands supports en bois sculpté à figures et ornements.

109 — Support en bois doré.

110 — Boudha en bronze du Japon, patine verte.

111 — Divinité en bronze ancien.

112 — Brûle-parfums en émail cloisonné.

113 — Deux petites chimères en bronze.

114 — Robe chinoise brodée.

115 — Belle jardinière en bronze niellé d'argent.

116 — Trois kakémonos, dessin varié.

117 — Plat de Chine famille verte.

118 — Plat du Japon, décor polychrome.

119 — Deux meubles d'entre-deux en bois rose orné de bronze. Style Louis XVI.

120 — Beau sac de voyage avec accessoires garnis d'argent de Leuchars de Londres.

121 — Grande armoire à glaces à trois portes en pitchpin et bambou.

122 — Toilette en pitchpin et bambou, dessus et tablette en marbre blanc.

123 — Étagère-chiffonnière en bambou, dessus en marbre blanc.

124 — Toilette en palissandre, dessus en marbre blanc.

125 — Deux chaises en bambou et cannées.

126 — Pendule en bronze sujet enfants, socle en marbre vert et noir.

127 — Table de nuit en palissandre forme Louis XV.

128 — Meubles divers en bois blanc, laqué, etc.: lits en fer, banquette.

129 — Coupe de 17 m. 80 cent. de beau velours de Lyon, genre velours de Gênes, fond loutre, dessin en relief. Bouquets d'hortensias et coquelicots.

130 — Coupe de 15 mètres de beau velours de Lyon, genre velours de Gênes, fond loutre, dessins à bouquets de fleurs en relief gris deux tons.

131 — Coupe de 10 m. 10 cent. de beau velours de Lyon, genre velours de Gênes, fond rouge cardinal, dessin dentelle, point de Venise, quatre chemins.

132 — Deux gaines en marbre.

133 — Beau groupe en terre cuite patinée : *la Danse*, de Carrier-Belleuse.

134 — Flacon en porcelaine de Saxe : Chasseur et Chasseresse.

135 — Flacon en porcelaine de Saxe : Enfant emmailloté.

136 — Paire de grands vases en porcelaine de Saxe, décor sujet Watteau, anses en relief. Les couvercles sont formés par des bouquets de fleurs.

137 — Deux grands plats à sujets Watteau partie fond bleu et jaune, décorés de fleurs.

138 — Bol à punch en porcelaine de Saxe, décoré de fleurs et citron sur le couvercle.

139 — Douze petites assiettes à dessert décorées de fleurs.

140 — Petit bouillon à deux anses et plateau, décorés de sujets Watteau et mosaïque bleue.

141 — Encrier et deux godets à sujets Watteau.

142 — Deux petits baguiers décorés de fleurs.

143 — Deux cache-pots en porcelaine de Saxe, à jour et fleurs en relief.

144 — Deux tasses trembleuses en porcelaine de Saxe, décorées de fleurs avec soucoupes à galeries ajourées.

145 — Six tasses basses en porcelaine de Saxe, décorées de bouquets de fleurs.

146 — Six tasses à pans de différentes couleurs à médaillons sujets Watteau.

147 — Deux bols à godrons décorés de fleurs.

148 — Six assiettes en porcelaine de Saxe de différentes couleurs, décorées de sujets Watteau.

149 — Paire de jolis brûle-parfums en porcelaine de Saxe à côtes et fleurs en relief.

150 — Cache-pot en porcelaine de Saxe, décor Watteau.

151 — Bouillon en porcelaine de Saxe, à cygnes en relief.

152 — Paire de grands vases en porcelaine de Saxe, fond rouge, décorés de fleurs et médaillons sujets Watteau.

153 — Baguier formé par une femme couchée tenant une coupe.

154 — Douze assiettes à dessert, décorées de fleurs.

155 — Deux grands compotiers à godrons, décorés de fleurs et fruits.

156 — Grand bouillon à lobes, à médaillons sujets Watteau et fleurs.

157 — Figurine en ivoire : Minerve debout, appuyée sur un bouclier.

158 — Deux figurines en ivoire : Mendiant et Mendiante.

159 — Petite commode à trois tiroirs, en bois plaqué garni de bronzes.

160 — Table de salle à manger en chêne sculpté, à trois rallonges.

161 — Console Louis XVI en bois sculpté, blanc et or.

162 — Console analogue.

163 — Deux petites glaces ovales Louis XVI, en bois sculpté et doré.

164 — Lustre Louis XIV, à cristaux et douze bougies.

165 — Quatre bras d'applique Louis XIV.

166 — Vase en faïence peinte, à décor persan, sur pied en bois noir sculpté.

167 — Petite jardinière en osier doré.

168 — Quatre paires de rideaux en serge havane, brodés, avec lambrequins et passementerie.

169 — Dessus de cheminée, assorti aux rideaux.

170 — Gaine Louis XIV, en bois sculpté et doré.

171 — Deux paires de rideaux en jute.

172 — Grand fauteuil en velours et tapisserie.

173 — Paire de chenets en cuivre Louis XIV.

174 — Deux bandes de tapisserie à la main.

175 — Sept albums contenant divers dessins.

176 — Carton de dessins d'Allongé : la Forêt de Fontainebleau.

177 — Chiffonnier en acajou orné de cuivres. Style Louis XIV.

178 — Paire de lampes en émail du Japon fond rouge, monture en bronze doré.

179 — Paire de flambeaux en bronze doré.

180 — Cinq paires de rideaux en soie rayée.

181 — Pupitre en acajou et cuivre. Style Louis XVI.

182 — Petite table en acajou et cuivre. Style Louis XVI.

183 — Canard en faïence de Moustiers.

184 — Vase avec couvercle, en faïence de Marseille.

185 — Plaque en faïence : Sainte Geneviève.

186 — Claymore.

187 — Épée de parade.

188 — Trois lances avec manches.

189 — Grande lance dorée.

190 — Masse d'armes.

BIJOUX, OBJETS DE VITRINE, ARGENTERIE

191 — Broche forme œillet avec feuillages en brillants et rubis.

192 — Beau trèfle en brillants anciens et saphirs.

193 — Croissant en brillants.

194 — Peigne en écaille blonde et brillants.

195 — Collier composée de 78 perles fines.

196 — Papillon en roses, émeraudes, rubis et perles.

197 — Paire de boutons d'oreilles composés de deux belles turquoises fines entourées de brillants.

198 — Paire de pendeloques en brillants anciens.

199 — Bracelet composé d'une grosse perle blanche entourée de brillants.

200 — Glace à main en or et bouquet en roses.

201 — Broche en rubis, roses et perle fine.

202 — Broche en rubis, saphir et perle fine.

203 — Broche forme canard en perles, rubis et roses.

204 — Bague composée d'un rubis cabochon entouré de brillants.

205 — Bague composée d'un saphir cabochon entouré de brillants.

206 — Bague à quatre corps en roses et perles noires.

207 — Bague marquise Louis XVI en brillants.

208 — Broche barrette en turquoises et roses.

209 — Montre en or forme poire émaillée. Louis XVI.

210 — Collier Renaissance émaillé en brillants, rubis et émeraudes.

211 — Pendentif Saint-Georges en brillants, rubis et émeraudes.

212 — Cadre Saint-Georges en brillants, rubis et émeraudes.

213 — Broche formant carnet de bal, en grenats et turquoises.

214 — Broche ancienne en roses.

215 — Bracelet émaillé et turquoises.

216 — Croix émaillée et turquoises.

217 — Paire de pendeloques ancienne en roses.

218 — Bague forme cœur, composée d'un rubis et de roses.

219 — Crochet de montre en or avec montre ancienne émaillée.

220 — Broche-barrette en grenats.

221 — Épingle en or et grosse perle fine.

222 — Épingle ancienne en or et camée jaspe.

223 — Deux boutons de chemises en or et émeraudes.

224 — Pendule en vernis Martin.

225 — Coupe de cristal de roche, monture émaillée.

226 — Coupe coquille de perle, monture en argent doré et repoussé.

227 — Paire de boutons d'oreilles composés de deux brillants.

TABLEAUX

CHAPLIN

228 — *Rêverie.*

Représentée sous les traits d'une jeune femme.
Toile ovale.

LALYRE

229 — *La Sirène.*

LALYRE

230 — *La Liseuse.*

LALYRE

231 — *Au Bord de la mer.*

GREUZE

(D'après)

232 — *La Cruche cassée.*

SAINT-JEAN

(D'après)

233 — *Fruits et Melons.*

Grand panneau.

ABEL ORY

234 — *Paysage le soir.*

ÉCOLE ANCIENNE

235 — *Nature morte.*

BERGHEM

(Attribué à)

236 — *Berger et Bergère se reposant et surveillant leur troupeau.*

ÉCOLE FRANÇAISE

237 — *Sous bois animé de figures.*

GILLET

(1827)

238 — *La Rixe.*

Dessin.

ÉCOLE ALLEMANDE

239 — *Le Grand Frédéric.*

Travail en broderie de l'époque.

HENRIET

240 — *Paysage.*

BEAUVALLET

241 — *Paysage à la plume.*

DEBUCOURT

242 — *Deux Effets de neige.*

BARILLOT

243 — *Les Vaches au pré.*

CHERET

244 — *Paysage montagneux.*

Aquarelle.

245 — *Vue de ville; bataille.*

GRAVURES

JAZET

(D'après CARLE VERNET)

246 — *Préparatifs d'une course.*

247 — *Le Départ.*

248 — *La Course.*

249 — *Les Suites d'une course.*
Suite de belles épreuves.

CLAVAREAU

(D'après BOILLY)

250 — *Ah! Comme il y viendra!!*
Pièce en couleur.

CLAVAREAU

251 — *La Leçon de musique.*

Pièce en couleur.

ROSEMBURG

(D'après POLLARD)

252 — *Chances of the steeple chase.*

Pièce en couleur.

NEWTON FIELDING

(D'après EUG. LAMI)

253 — *Courses de Chantilly.*

Pièce en couleur.

POLLARD AND SONS HOLLOWAY

254 — *Doncaster Race for the great Saint-Léger stakes.*

Pièce en couleur.

SUTHERLAND

(D'après ALKEN)

255 — *Epsom Races.*

Pièce en couleur.

H. VERNET

(D'après)

256 — *Charleroi.*

LEVACHEZ

(D'après CARLE VERNET)

257 à 259 — *La Chasse au cerf.*

Suite de trois épreuves en couleur.

ÉCOLE FRANÇAISE

260 — *La Ronde villageoise.*

Pièce en couleur.

PARISEAU

261 — *Henri IV chez Michau.*

Pièce en couleur.

LINDOR DE TOULOUZE

(D'après HAMILTON)

262 — *Jeu de la savate.*

263 — *La Main chaude.*

264 — Objets non catalogués.